CUENTOS Y FACECIAS

Gérard de Nerval, seudónimo literario de Gérard Labrunie, fue un novelista, poeta y traductor, y una de las figuras clave del romanticismo francés. Nació en París en 1808, y su vida estuvo marcada por continuas crisis personales y problemas de salud mental, que influyeron profundamente en su obra. De joven trabajó como aprendiz en una imprenta, y fue periodista y ayudante de notario. También tradujo algunas obras de Goethe, empezando en 1826 por *Fausto*, y escribió varias piezas dramáticas en colaboración con Alexandre Dumas. Entre su producción literaria, no muy extensa, destacan las obras *Viaje al Oriente*, *Aurélia*, *Sylvie* y *Las quimeras*, que contiene el célebre soneto «El desdichado». Convertido en un personaje extravagante de la bohemia parisina, atormentado y consumido por sus problemas económicos, se quitó la vida en 1855, dejando un legado imperecedero que influiría notablemente en escritores como Marcel Proust y los surrealistas.

Gérard de Nerval

——

Cuentos y facecias

Edición y traducción del francés de
Mateo Pierre Avit Ferrero

ALPHA DECAY

NOTA DEL TRADUCTOR

La presente edición recoge tres cuentos que ya habían aparecido antes de que Gérard de Nerval los reuniese bajo el título *Contes et facéties*: así lo publicó la editorial D. Giraud et J. Dagneau en 1852 y así figura en la edición canónica de la Bibliothèque de la Pléiade. Hasta ahora habían corrido la misma suerte en español, pues nunca se habían publicado juntos. Sin embargo, son precisas algunas aclaraciones.

El 26 de enero de 2025 se cumplieron 170 años del suicidio de Gérard de Nerval, que ponía fin así a una vida marcada por la enfermedad mental. Nerval, creo, no necesita presentaciones: baste decir que es el poeta romántico francés por antonomasia, aunque también cultivó otros géneros, entre ellos, felizmente, el cuento. Los tres que aquí se presentan se publicarán cuatro veces: puede explicarse quizá porque Nerval, como escritor profesional, necesitaba dinero para costearse los gastos médicos tras dos crisis en 1852, pero también porque les tenía especial cariño. El primero, «La Main enchantée», se publicó inicialmente como «La Main de gloire» y, más tarde, Nerval firmaría junto a Maquet un guion, con profundas modificaciones, que nunca llegaría a representarse. El segundo, «Le Monstre vert», se había titulado «Le Diable vert» en las tres publicaciones anteriores. El tercero, «La Reine des poissons», apareció primero al final de *La Bohême galante* y lo volverá a hacer en «Chansons et légendes de Valois», que acompañan a *Sylvie*.

Como apunta Jacques Bony en el prefacio de la segunda edición en tres volúmenes de la Pléiade (1984, 1989 y 1993), el título del volumen, *Contes et facéties*, es es ambiguo y no está exento de ironía: si ambos sustantivos van en plural y solo hay tres cuentos, al menos uno debe ser a la vez cuento y facecia, a no ser que sean tres cuentos faceciosos —recordemos que el género de la *facétie* surgió en el siglo XVI y tuvo un repunte en el XIX—. Los tres comparten unidad, que va más allá de la temática sobrenatural, fantástica, esotérica, onírica. Los dos primeros mencionan el mismo lugar, pues en el solar de los cartujos estaba el castillo de Vauvert. El primero habla de una danza de botellas que aparece en el segundo. El primero y tercero comparten personaje, Tord-Chêne (Retuercerrobles). Los vínculos familiares nefastos aparecen en los tres... Además, el orden no es azaroso: «El monstruo verde» sirve como bisagra entre lo fantástico y lo folclórico. Los dos primeros cuentos están ambientados en París; el último, en el Valois materno —allí estaba el solar que inspiró a Gérard su aristocrático seudónimo, ya que en realidad se apellidaba Labrunie—. Tras las pesadillas de los dos primeros, Nerval cierra con un sueño placentero.

En español ha habido numerosas traducciones de estos tres cuentos por separado, sobre todo de «La Main enchantée» —«La mano *encantada*, *embrujada* o *hechizada* según la edición—, pero solo una conjunta: en *Poesía y prosa literaria*, la edición que Tomás Segovia preparó para Galaxia Gutenberg en 2004 bajo el título *Cuentos y chanzas*, figuran seis: «La mano encantada», «El monstruo verde», «Historia verídica del patíbulo», «El asno de oro», «El conde de Saint-Germain» y «Retrato del diablo», pero no el último que aquí se recoge. Como apunta en la nota correspondiente, Segovia siguió la primera edición en dos volúmenes para la Pléiade (1952 y 1956) de Jean Richer —quien bajo este título añade textos que Nerval no había recogido en volumen y ordena el conjunto cronológicamente—, aunque decidió no incluir «Émilie», de atribución dudosa.

Respecto a mi traducción, que trata de respetar los arcaísmos —por ejemplo las expresiones y los proverbios del primer cuento— sin caer en un español impostado, solo quiero hacer un comentario: quizá sorprenda el cambio en las formas de tratamiento entre los dos primeros cuentos y el último. Dado que en los primeros la acción está ambientada en una época concreta, no había más remedio que recurrir al «vos» por coherencia histórica. En el último no hay referencias temporales, por lo que me he tomado la libertad de acercarlo con ese «usted», más contemporáneo de Nerval.

Estos tres cuentos han tenido un notable impacto cultural: «La mano encantada», sin duda el más famoso de su producción, siempre se cita como premonitorio por la suerte que comparten tanto el protagonista como el propio Nerval. La mano recuerda al personaje Cosa de *La familia Addams*: quizá sirviese de inspiración a Charles Addams. Italo Calvino lo incluye en su selección de *Cuentos fantásticos del XIX*. Por otro lado, Enrique Vila-Matas cita por extenso «El monstruo verde» en *París no se acaba nunca*. Y «La reina de los peces» tiene una sensibilidad ecológica que nos habría venido bien potenciar en su día para no acabar en la crisis climática actual…

Por último, me gustaría dar las gracias a Antonio Lafarga, de la extinta Editorial Sitara, por su confianza; a Ámbar, Guillaume, Hélène, Isabelle, Louise, Maïra, Marta, Melina y Silvia por haberme ayudado a pulir el tercero de los cuentos en el atelier *ViceVersa* 2022, que tuvo lugar en el CITL de Arlés y coordinaron Laura Alcoba —cómplice nervaliana— y Pablo Martín Sánchez. Finalmente, a Ignacio Echevarría por su amabilidad.

MATEO PIERRE AVIT FERRERO
Febrero de 2025, Oviedo

LA MANO ENCANTADA

I

LA PLACE DAUPHINE

Nada hay más bello que esas casas del siglo XVII de las que la Place Royale ofrece un conjunto tan majestuoso.[1] Cuando sus fachadas de ladrillos, intercaladas y enmarcadas por bandas y esquinas de piedra, y sus ventanas altas se encienden por los rayos espléndidos del ocaso, siente uno al verlas la misma veneración que ante un tribunal reunido en togas rojas con solapas de armiño; y, si no fuese una pueril comparación, se podría decir que la larga mesa verde en que estos temibles tenientes están colocados en cuadrado simboliza un poco ese cinturón de tilos que bordea las cuatro fachadas de la Place Royale y cuya grave armonía completa.

Hay otra plaza en la ciudad de París que no causa menos satisfacción por su regularidad y su orden, y que está dispuesta en triángulo más o menos como la otra lo está en cuadrado. Se construyó bajo el reino de Enrique el Grande, que la llamó Place Dauphine, del Delfín, y se

---

1   La Place Royale se llama actualmente Place des Voges. (*Todas las notas son del traductor.*)

13

admiró entonces el poco tiempo que necesitaron estos edificios para cubrir todo el descampado de la isla de la Gourdaine. Fue un cruel disgusto la invasión de este terreno para los pasantes que iban a divertirse con gran estruendo y para los abogados que iban allí a elucubrar sus alegatos: era un paseo tan verde y tan florido al salir del infecto patio del Palacio.

Apenas se habían erigido estas tres hileras de casas sobre pórticos pesados, cargados y surcados por almohadillas y por elementos divisorios; apenas se habían revestido con ladrillos, atravesados por ventanas con balaustres y rematados por albardillas de techumbres macizas, la nación de las gentes de justicia invadió toda la plaza, siguiendo cada uno su rango y sus medios, es decir, de manera inversa a la elevación de los pisos. Se convirtió en una suerte de patio de los milagros de alto porte, una truhanería de ladrones privilegiados, guarida de los picapleitos, así como las otras lo son de las germanías; esta de ladrillo y de piedra, las otras de barro y madera.

En una de estas casas que formaba la Place Dauphine vivía, hacia los últimos años del reinado de Enrique el Grande, un tipo bastante notable, que tenía por nombre Godinot Chevassut y por título Teniente Civil del Preboste de París, cargo muy lucrativo y arduo a la vez en ese siglo en que los ladrones eran mucho más numerosos que hoy día, ¡tanto ha disminuido la probidad desde entonces en nuestra Francia!, y en que el número de muchachas de vida alegre era mucho más considerable, ¡tanto se han depravado nuestras costumbres…! Como la humanidad casi no cambia, se puede decir, como un antiguo autor, que cuantos menos bribones hay en las galeras, más hay fuera.

También hay que decir que los ladrones de esa época eran más nobles que los de la nuestra y que este miserable oficio era entonces una suerte de arte que los jóvenes de familia no desdeñaban ejercer. En este sentido se desarrollaban con fuerza muchas capacidades expulsadas al margen y a los pies de una sociedad de barreras y privilegios; enemigos más peligrosos para los particulares que para el Estado, cuya maquinaria habría quizás explotado sin este escape. Además, sin duda alguna, la justicia de entonces tenía miramientos para con los ladrones distinguidos; y nadie ejercía con mayor gusto esta tolerancia que nuestro Teniente Civil de la Place Dauphine, por razones que enseguida conocerán. En cambio, ninguno era más severo con los torpes: estos pagaban por los otros y llenaban las horcas que sombreaban entonces París, según las palabras de D'Aubigné, para gran satisfacción de los burgueses, a los que robaban entonces mejor, y para gran perfeccionamiento del arte de la truhanería.

Godinot Chevassut era un hombrecillo rechoncho que empezaba a encanecer y lo disfrutaba mucho, frente al común de los ancianos, porque al envejecer sus cabellos debían perder necesariamente el tono un poco cálido que tenían de nacimiento, lo que le había valido el nombre desagradable de Salmón, que sus conocidos sustituían por el suyo, más fácil de pronunciar y de retener. También tenía unos ojos bizcos muy despiertos, aunque siempre medio cerrados bajo las espesas cejas, con una boca bastante hendida, como la gente que gusta de reír. Y sin embargo, pese a que sus rasgos tuviesen un aspecto de malicia casi constante, jamás se le oía reír con grandes carcajadas, ni, como dicen nuestros padres, a mandíbula batiente; solo que, cada vez que se le escapaba algo gracioso, lo acentuaba al final con un «¡ja!» o un «¡jo!» soltado desde lo más hondo de los pulmones, pero una sola vez y con un efecto singular; y ello sucedía con bastante frecuencia, pues a nuestro Teniente le gustaba salpicar la conversación de pullas, equívocos y atrevimientos, que ni siquiera reprimía en el juzgado. Por lo demás, era una costumbre general de las gentes de toga de esa época, que ha pasado hoy día casi por completo a los provincianos.

Para terminar de retratarlo, habría que situarle en el lugar habitual una nariz larga y cuadrada en la punta, y por último unas orejas bastante pequeñas, sin bordes, y de una agudeza de oído que escuchaban sonar un cuarto de escudo a un cuarto de legua y un doblón desde mucho más lejos. A propósito, a cierto litigante, al haber preguntado si el Sr. Teniente Civil no tenía algunos amigos a los que pudiese recurrir, le respondió que en efecto había amigos que el Salmón tenía muy en cuenta; que eran, entre otros, su excelencia el Doblón, el ilustrísimo señor Ducado e incluso el señor Escudo; que uno debía juntar varios de ellos y podía asegurarse de que lo atendieran calurosamente.

II

DE UNA IDEA FIJA

Hay personas que tienen más simpatía por una u otra gran cualidad, una u otra virtud singular. Uno estima más la magnanimidad y el valor guerrero, y solo le gustan los relatos de hermosos hechos de armas; otro pone por encima de todo el genio y las invenciones de las artes, de las letras o de la ciencia; los hay que se emocionan más con la generosidad y las acciones virtuosas mediante las que uno socorre a sus semejantes y se sacrifica por su salvación, siguiendo cada cual el camino natural. Pero el sentimiento particular de Godinot Chevassut era el mismo que el del sabio Carlos IX, a saber, que no se puede establecer ninguna cualidad por encima del ingenio y la destreza, y que las gentes que están provistas de ellas son las únicas dignas en este mundo de que se las admire y honre; y en ningún lugar encontraba estas cualidades más brillantes y mejor desarrolladas que entre la gran nación de los capeadores, cicateros, rateros y bohemios, cuya vida generosa y trucos singulares tenían lugar todos los días ante él con una variedad inagotable.

Su héroe favorito era maese François Villon, parisiense, famoso en el arte poético tanto como en el arte del gancho y la ganzúa. La *Ilíada*, junto a la *Eneida*, como también la novela no menos admirable de *Huon de Burdeos*, las hubiese cambiado por el poema de *Las comidas francas*, ¡e incluso por *La leyenda de maese Faifeu*, que son las epopeyas en verso de la nación truhana! Las *Ilustraciones* de Du Bellay, el *Peripoliticon* de Aristóteles y el *Cymbalum mundi* le parecían bastante flojos en comparación con *Jerga*, seguido de los *Estados generales del reino del Argot*, y de los *Diálogos del pícaro y del pordiosero, por un ayudante de tenderete, que trajina lana en la ciudad de Tours*, e imprimido con autorización del *rey de los Mendigos*, de Fiacre el empaquetador; Tours, 1603. Y como por supuesto aquellos que dan mucha importancia a cierta virtud tienen el mayor de los desprecios por el defecto contrario, no había nadie que le fuese tan odioso como las personas simples, de entendimiento denso y de mente poco complicada. Ello llegaba hasta el punto de que hubiese querido cambiar por completo la distribución de la justicia y que, si descubriese alguna ladronería grave, no se habría colgado al hurtador, sino al hurtado. Era una idea; era su idea. Pensaba que era la única manera de agilizar la emancipación intelectual del pueblo y de que los hombres del siglo llegasen a un progreso supremo del ingenio, de destreza y de inventiva, que, decía, eran la verdadera corona de la humanidad y la perfección más agradable para Dios.

Hasta aquí la moral. Y en cuanto a la política, tenía comprobado que el robo organizado a gran escala favorecía sin parangón la división de las grandes fortunas y la circulación de las menores; de lo que solo pueden resultar para las clases inferiores el bienestar y la liberación.

Comprenderán que solo el buen y doble fraude lo embelesaba, las sutilezas y zalamerías de los verdaderos clérigos de San Nicolás, los viejos trucos de maese Gonin, conservados hacía doscientos años en la sal y en la mente; y que Villon, el villano, era su compadre y no los forajidos tales como los Guilleris o el capitán Carrefour. Desde luego, el facineroso que, plantado en un gran camino, despoja de manera brutal a un viajero desarmado, lo horrorizaba tanto como a todas las mentes buenas, del mismo modo que aquellos que, sin mayor esfuerzo imaginativo, penetran con fractura en una casa aislada y la saquean, a menudo degollando también a los amos. Pero si hubiese conocido el rasgo de un ladrón distinguido que, al perforar una muralla para introducirse en una morada, procurase representar su abertura en forma de trébol gótico, para que al día siguiente, cuando se descubriera el robo, se viera que un hombre de gusto y de arte lo había ejecutado, desde luego, el letrado Godinot Chevassut lo hubiese tenido en mucha más alta estima que a Bertrand de Clasquin o al emperador César; y es quedarse corto.

III

LOS GREGÜESCOS DEL TENIENTE

Al haberse referido todo esto, creo que es hora de correr el telón y de, conforme a la costumbre de nuestras antiguas comedias, darle una patada en el trasero al señorito Prólogo, que se vuelve escandalosamente prolijo, hasta el punto de que las velas ya se han despabilado tres veces desde el exordio. Que se apresure pues en terminar, como Bruscambille, al suplicar a los espectadores «que limpien las imperfecciones de sus afirmaciones con los zorros de su humanidad y que reciban un enema de disculpas en los intestinos de su impaciencia»; y una vez dicho esto, la acción va a empezar.

Están en una sala bastante grande, oscura y enmaderada. El viejo Teniente, sentado en un ancho sillón esculpido, de pies torcidos, cuyo respaldo veste su camisa de manga corta de damasco con flecos, prueba un par de gregüescos bombachos nuevecitos que le acaba de traer Eustache Bouteroue, aprendiz de maese Goubard, pañero-calcetero. El letrado Chevassut, al atarse las agujetas, se levanta y se vuelve a sentar sucesivamente, dirigiéndole por intervalos la palabra al joven, que, tieso como un santo de piedra, ha tomado asiento, tras su invitación, en el borde de un escabel, y que lo mira con indecisión y timidez.

—¡Ejem! ¡Estos ya han cumplido su cometido! —dijo empujando con el pie los viejos gregüescos que acababa de quitarse; se les veía el nudo como a un mandamiento prohibitivo del prebostazgo; y todos los trozos se decían adiós... ¡un adiós desgarrador!

Sin embargo, el burlón Teniente volvió a alcanzar la antigua prenda necesaria para coger la bolsa, de la que sacó algunas monedas que extendió en la mano.

—Es un hecho —prosiguió— que nosotros, gente de ley, hacemos un uso muy duradero de nuestras prendas, debido a la toga bajo la que las llevamos tanto tiempo como el tejido resiste y las costuras mantienen la seriedad; por eso, y como todos tienen que vivir, incluso los ladrones, y en consecuencia los pañeros-calceteros, no rebajaré nada a los seis escudos que maese Goubard me pide; a lo que incluso añado generosamente un escudo gastado para el ayudante de tienda, con la condición de que no lo cambie a la baja, sino que lo cuele como bueno a algún burgués belitre, desplegando, a tal efecto, todos los recursos de su ingenio; si no, me quedo el susodicho escudo para la colecta de mañana domingo en Notre-Dame.

Eustache Bouteroue cogió los seis escudos y el escudo gastado, haciendo una gran reverencia.

—Ea, muchacho, ¿empieza uno a dársele bien la pañería? ¿Sabe uno escamotear con las medidas, con el corte, y colar viejo por nuevo al parroquiano, pardo por negro…? ¿Mantener, en resumen, la vieja reputación de los comerciantes que están en los arcos del mercado de Les Halles?

Eustache alzó la vista hacia el teniente con cierto pánico; y, al suponer que bromeaba, se echó a reír; pero el teniente no bromeaba.

—No me gusta —añadió— la ladronería de los comerciantes; el ladrón roba y no engaña; el comerciante roba y engaña. Un buen compañero, con labia y versado, compra un par de gregüescos; regatea largo y tendido el precio y termina por pagar seis escudos. Viene a continuación un honrado cristiano, a los que unos llaman «primo», los otros «buen parroquiano»; si sucede que coge un par de gregüescos exactamente iguales al otro y que, al confiar en el calcetero, que jura su probidad por la Virgen y los santos, lo paga ocho escudos, no lo compadeceré, pues es un necio. Pero mientras que el comerciante, al contar las dos sumas que ha recibido, pone en la mano y hace sonar con satisfacción los dos escudos de diferencia entre el segundo y el primero, pasa delante de su tienda un pobre hombre que llevan a las galeras por haber sacado de un bolsillo un pañuelo sucio y agujereado: «He aquí un gran facineroso», exclama el comerciante; «si la justicia fuese justa, el bandido sería enrodado vivo y yo iría a verlo», prosigue, sujetando aún en la mano los dos escudos… Eustache, ¿qué crees que pasaría si, según el deseo del comerciante, la justicia fuese justa?

Eustache Bouteroue ya no se reía; la paradoja era demasiado inaudita para que pensase en contestarla y la boca de donde salía la volvía casi inquietante. El letrado Chevassut, al ver que el joven estaba boquiabierto como un lobo atrapado en la trampa, se echó a reír con su risa particular, le dio un cachete en la mejilla y lo despidió. Eustache bajó muy pensativo la escalera con balaustrada de piedra, aunque oyó de lejos, en el patio del Palacio, la trompeta de Galinette la Galine, bufón del famoso operador Geronimo, que llamaba a los curiosos a sus burlerías y a comprar las drogas de su amo; hizo oídos sordos esta vez y se dispuso a cruzar el Pont-Neuf para ganar el barrio de Les Halles.

IV

EL PONT-NEUF

El Pont-Neuf, terminado bajo el mandato de Enrique IV, es el principal monumento de su reinado. Nada se asemeja al entusiasmo que su visión despertó cuando, tras grandes obras, hubo cruzado por completo el Sena con sus doce zancadas y unido más estrechamente los tres barrios de la ciudad maestra.

Además, se convirtió pronto en el punto de encuentro de todos los ociosos parisienses, cuyo número es elevado, y en consecuencia de todos los juglares, vendedores de ungüentos y timadores, cuyos oficios pone en marcha la muchedumbre, como la corriente de agua un molino.

Cuando Eustache salió del triángulo de la Place Dauphine, el sol arrojaba a plomo sus rayos pulverulentos sobre el puente y la afluencia era grande, al ser de ordinario los paseos más frecuentados de todos en París aquellos que están adornados solo por escaparates, allanados solo por adoquines, sombreados solo por murallas y casas.

Eustache surcaba a duras penas este río de gente que cruzaba el otro río y fluía con lentitud de un lado a otro del puente, que se paraba con el mínimo obstáculo, como hielos que el agua arrastra, formando de sitio en sitio mil recodos y mil remolinos alrededor de algunos escamoteadores, cantores o comerciantes que preconizaban sus productos. Muchos se paraban a lo largo de los parapetos para ver pasar los trenes de madera bajo los arcos, circular las embarcaciones o bien para contemplar la magnífica vista que ofrecía el Sena aguas abajo del puente, el Sena que bordeaba a la derecha la larga fila de los edificios del Louvre, a la izquierda el gran Pré aux Clercs, rayado con sus hermosas alamedas de tilos, enmarcado por sus sauces grises despeinados y sus sauces verdes llorando sobre el agua; y, en cada orilla, la torre de Nesle y la torre du Bois, que parecían hacer guardia a las puertas de París como los gigantes de las novelas.

De repente, un gran ruido de petardos hizo que los ojos de los paseantes y de los observadores se giraran hacia un punto único, y anunció un espectáculo digno de captar la atención. Era en el centro de una de esas pequeñas plataformas en medialuna, coronadas aún otrora por tiendas de piedra, y que constituían entonces espacios vacíos encima de cada pilar del puente y por fuera de la calzada. Allí se había establecido un escamoteador: había puesto una mesa y sobre esta mesa se paseaba un hermosísimo mono, con disfraz completo de diablo, negro y rojo, con la cola natural, y que, sin timidez alguna, tiraba con fuerza petardos y girándulas, para gran perjuicio de todas las barbas y las golas que no habían ampliado el círculo lo bastante rápido.

En cuanto a su amo, era una de esas caras de tipo bohemio, común cien años antes, ya escasos entonces, y hoy día ahogado y perdido en la fealdad y la insignificancia de nuestras cabezas burguesas: un perfil de hoja de hacha, frente elevada pero estrecha, nariz muy larga y muy corcovada, y sin embargo que no sobresalía como las narices romanas, sino por el contrario muy respingona, y de cuya punta sobresalía apenas la boca con labios finos muy avanzados, y el mentón hundido; a continuación unos ojos largos y hendidos oblicuamente bajo las cejas, dibujadas como una V, y larga melena negra que completaba el conjunto; por último, algo ágil y desenvuelto en los gestos y en toda la actitud del cuerpo atestiguaba una curiosa maña de los miembros, quebrado desde joven por varios oficios y por muchas otras actividades.

Su vestimenta era un viejo disfraz de bufón, que llevaba con dignidad; su tocado, un gran sombrero de fieltro con anchas alas, sumamente arrugado y retorcido. Maese Gonin era el nombre que todo el mundo le daba, ya fuese por su habilidad y sus trucos de destreza, ya fuese porque en efecto era descendiente de ese famoso juglar que fundó, bajo el mandato de Carlos VI, el teatro de los Enfants-sans-Souci y ostentó el primer título de Príncipe de los Necios, el cual, en el momento de esta historia, había pasado al señor de Engoulevent, cuyas prerrogativas soberanas defendió incluso ante los tenientes.

V

LA BUENAVENTURA

El escamoteador, al ver amontonado un buen número de gente, inició unos trucos de cubiletes que despertaron una ruidosa admiración. Es cierto que el compadre había elegido su sitio en la medialuna un poco a propósito y no solo con miras a no entorpecer la circulación, como parecía; pues, de esta manera, solo tenía a los espectadores delante de él y no detrás.

Y es que realmente el arte no era entonces aquello en lo que se ha convertido hoy día, cuando el escamoteador trabaja rodeado de su público. Una vez que terminaron los trucos de cubiletes, el mono hizo una ronda entre la multitud, recogiendo muchas monedas, que agradecía muy galantemente, acompañando su saludo de un pequeño grito bastante parecido al del grillo. Pero los trucos de cubiletes solo eran el preludio de algo más y, con un prólogo muy bien dirigido, el nuevo maese Gonin anunció que tenía además el talento de predecir el futuro mediante la cartomancia, la quiromancia y los números pitagóricos; lo cual no se podía pagar, pero que haría por una moneda, con la única perspectiva de complacer. Mientras decía esto, barajaba un gran juego de cartas y su mono, al que llamaba Pacolet, las repartía después con mucha inteligencia a todos aquellos que tendían la mano.

Cuando hubo satisfecho todas las solicitudes, su amo llamó sucesivamente a los curiosos hasta la medialuna por el número de sus cartas y le predijo a cada uno su buena o mala fortuna, mientras que Pacolet, al que había dado una cebolla para recompensar su servicio, divertía a la concurrencia con las contorsiones que esta delicia le provocaba, feliz y a la vez triste, riéndose por la boca y llorando por el ojo, haciendo a cada mordisco un gruñido de alegría y una mueca lastimosa.

Eustache Bouteroue, que también había cogido una carta, recibió la última llamada. Maese Gonin miró con atención su largo e ingenuo rostro, y le dirigió la palabra con un tono enfático:

—Este es el pasado: habéis perdido padre y madre; sois hace seis años aprendiz de pañero bajo los pilares de Les Halles. Este es el presente: vuestro patrono os ha prometido a su hija única; cuenta con retirarse y dejaros su negocio. Para el futuro, tendedme la mano.

Eustache, muy sorprendido, tendió la mano; el escamoteador examinó con curiosidad sus líneas, frunció el ceño con aspecto indeciso y llamó a su mono como para consultarlo. Este cogió la mano, la miró y yendo a ponerse sobre el hombro de su amo, pareció hablarle al oído, pero solo agitaba los labios muy rápido, como hacen los animales cuando no están contentos.

—¡Extraño! —exclamó por fin maese Gonin—. ¡Que una existencia tan simple desde un principio, tan burguesa, tienda a una transformación tan poco común, a un fin tan elevado…! ¡Ah! Polluelo mío, romperéis vuestra cáscara; llegaréis alto, muy alto…, moriréis más grande de lo que sois.

«¡Bueno!», dijo Eustache para sí mismo. «Es lo que esta gente siempre promete. Pero ¿cómo sabe entonces las cosas que me ha dicho primero? ¡Es maravilloso…! A no ser, a pesar de todo, que me conozca de algún sitio».

No obstante, sacó de su bolsa el escudo gastado del teniente, pidiéndole al escamoteador que le diese la vuelta. Quizás había hablado demasiado bajo, pero este no lo oyó, pues prosiguió así, dando vueltas al escudo entre los dedos:

—Veo que sabéis vivir; también añadiré algunos detalles a la predicción muy cierta, pero un poco ambigua, que os he hecho. Sí, compañero mío, fue todo un acierto no rebajar una moneda como los demás, si bien vuestro escudo carece de un buen cuarto, pero no importa, esta pálida moneda os resultará un espejo resplandeciente donde la verdad pura va a reflejarse.

—Pero —observó Eustache—, ¿lo que me habéis dicho de mi ascenso no era verdad, pues?

—Me habéis preguntado vuestra buenaventura y os la he dicho, pero le faltaba la glosa… Veamos, ¿cómo entendéis el fin elevado que le he dado a vuestra existencia en mi predicción?

—Entiendo que puedo convertirme en síndico de los pañeros-calceteros, mayoral, regidor...

—¡Buen palo de ciego, bien visto sin vela...! Y ¿por qué no el gran sultán de los turcos, el Amorabaquín...? ¡Eh! No, no, estimado amigo mío, hay que interpretarlo de otra manera, y, dado que deseáis una explicación de este oráculo sibilino, os diré que, en nuestro estilo, llegar alto se emplea para aquellos a los que se envía a vigilar los carneros en la luna, del mismo modo que llegar lejos se emplea para aquellos a los que se envía a escribir su historia en el océano, con plumas de quince pies...

—¡Ah! Bueno, pero si me explicaseis otra vez vuestra explicación, a buen seguro que lo comprendería.

—Son dos frases honestas para sustituir dos palabras: horca y galeras. Llegaréis alto y yo lejos. En mi caso está perfectamente indicado por esta línea media, atravesada en ángulos rectos por otras líneas menos pronunciadas; en vuestro caso, por una línea que corta la del medio sin que se prolongue más allá y otra que las atraviesa oblicuamente a ambas...

—¡La horca! —exclamó Eustache.

—¿Deseáis a toda costa una muerte horizontal? —observó maese Gonin—. Sería pueril; más aún porque os aseguráis así escapar a toda suerte de otros finales a los que los hombres mortales están expuestos. Además, es posible que cuando mi señora la horca os levante por el cuello a pulso, no veáis más que a un viejo asqueado del mundo y de todo... Pero ya dan las doce y es la hora en que la orden del preboste de París nos echa del Pont-Neuf hasta el atardecer. Ahora bien, si llegarais a necesitar algún consejo, algún sortilegio, encanto o filtro para vuestro uso, en caso de peligro, de amor o de venganza, resido allí, al final del puente, en el Château-Gaillard. ¿Veis bien desde aquí esa torrecilla rematada en aguilón...?

—Una palabra más, por favor —dijo Eustache temblando—. ¿Seré feliz en matrimonio?

—Traedme a vuestra mujer y os lo diré... Pacolet, una reverencia al señor y un besamanos.

El escamoteador plegó su mesa, se la puso bajo el brazo, se echó el mono al hombro y se dirigió hacia el Château-Gaillard, canturreando entre dientes una melodía muy vieja.

VI

CRUCES Y DESDICHAS

Bien es cierto que Eustache Bouteroue se iba a casar dentro de poco con la hija del pañero-calcetero. Era un muchacho sensato, entendido en el comercio y que no empleaba su tiempo libre en jugar a los bolos o al frontón, como muchos otros, sino en hacer cuentas, en leer el *Boscaje de las seis corporaciones* y en aprender un poco de español, que era bueno que un comerciante lo supiese hablar, como hoy el inglés, debido a la cantidad de personas de esta nación que vivían en París. Maese Goubard, al haberse, en seis años, convencido de la perfecta integridad y del carácter excelente de su aprendiz, al haber además percibido entre su hija y él cierta predilección muy virtuosa y muy severamente contenida por ambas partes, había decidido unirlos para San Juan y retirarse después a Laon, en Picardía, donde tenía propiedades de familia.

Sin embargo, Eustache no poseía ninguna fortuna, pero la costumbre de casar un saco de escudos con un saco de escudos no estaba entonces extendida. Los padres consultaban a veces la inclinación y la simpatía de los futuros cónyuges y se molestaban en estudiar largo y tendido el carácter, la conducta y la capacidad de las personas que destinaban a su alianza. Muy diferentes de los padres de familia de hoy día, que exigen más garantías morales a un criado que contratan que a un yerno futuro.

Ahora bien, la predicción del juglar había condensado tanto las ideas bastante poco fluidas del aprendiz de pañero que había permanecido totalmente aturdido en el centro de la medialuna y no escuchaba las voces argentinas que balbucían en los campanarios de la Samaritaine y repetían «¡Las doce, las doce…!». Pero, en París, dan las doce durante una hora y el reloj del Louvre tomó pronto la palabra con más solemnidad y después la de los Grands-Augustins, y después la del Châtelet; de modo que Eustache, asustado al verse con tanto retraso, se puso a correr con todas sus fuerzas y, en unos minutos, dejó atrás la Rue de la Monnaie, du Borrel y Tirachappe; entonces redujo el paso y, cuando hubo doblado la Rue de la Boucherie-de-Beauvais, la frente se le despejó al descubrir los paraguas rojos del puesto de Les Halles, el teatro ambulante de los Enfants-sans-Soucis, la escalera y la cruz, y el bonito farol de la picota, cubierto por un tejado de plomo. En esta plaza, bajo uno de estos paraguas, su futura, Javotte Goubard, esperaba que regresase. Así, la mayoría de los comerciantes de los arcos tenía un muestrario en el puesto de Les Halles, cuidado por una persona de la casa y que servía de sucursal para su tienda oscura. Javotte tomaba asiento todas las mañanas en el de su padre y, ora sentada en el medio de la mercancía, trabajaba en nudos de agujetas, ora se levantaba para llamar a los transeúntes, los tomaba estrechamente por el brazo y apenas si los soltaba hasta que hubiesen hecho alguna compra; lo que no le impedía ser, por lo demás, la más tímida muchacha que haya alcanzado la edad de un viejo buey sin estar aún casada; llena de gracia, linda, rubia, grande y ligeramente doblada hacia delante, como la mayoría de las muchachas del comercio cuya estatura es esbelta y frágil; por último, enrojecía como una fresa a las mínimas palabras que decía fuera del servicio del muestrario, mientras que este punto no lo cedía a ninguna comerciante del puesto por la labia y el desparpajo (estilo comercial de entonces).

A las doce, Eustache venía de ordinario a sustituirla bajo el paraguas rojo, mientras que ella iba a almorzar en la tienda con su padre. A este deber acudía en ese momento, temiendo que su regreso hubiese impacientado a Javotte; pero, en cuanto la vislumbró, le pareció muy tranquila, el codo apoyado en un rollo de mercancía, y muy atenta a la conversación animada y ruidosa de un apuesto militar, inclinado sobre el mismo rollo, y que no parecía más un parroquiano que cualquier otra cosa que se pudiera imaginar.

—¡Es mi futuro! —exclamó Javotte sonriendo al desconocido, que movió ligeramente la cabeza sin cambiar de posición: solo miraba al aprendiz de arriba abajo, con ese desdén que los militares manifiestan por las personas de la condición burguesa cuyo exterior es poco imponente.

—Parece un trompetista de los nuestros —observó con gravedad—, solo que el otro tiene más corpulencia en las piernas; pero ya sabes, Javotte, que el trompetista, en un escuadrón, es poco menos que un caballo y poco más que un perro...

—Este es mi sobrino —dijo Javotte a Eustache, abriéndole los grandes ojos azules con una sonrisa de perfecta satisfacción—. Le han dado un permiso para venir a nuestra boda. Qué buena noticia, ¿verdad? Es arcabucero montado... ¡Ay! ¡Qué hermoso cuerpo! Si os vistierais así, Eustache..., pero vos no sois lo bastante alto ni lo bastante fuerte...

—¿Y cuánto tiempo —preguntó tímidamente el joven— nos complacerá el señor permaneciendo en París?

—Depende —respondió el militar irguiéndose, tras haber hecho esperar un poco su respuesta—. Nos han mandado a Berry para exterminar a los campesinos sublevados; y, si están tranquilos todavía un tiempo, os daré un buen mes; pero, de todas maneras, para San Martín, vendremos a París y relevaremos el regimiento del Sr. D'Humières, entonces podré veros todos los días y de forma indefinida.

Eustache examinaba al arcabucero montado tanto como podía hacerlo sin que cruzasen miradas y, definitivamente, le parecía fuera de todas las proporciones físicas que corresponden a un sobrino.

—Cuando digo todos los días —prosiguió este—, me equivoco; pues, los jueves, es el gran desfile... Pero tenemos la noche, y, de hecho, siempre podré cenar con vos esos días.

«¿Cuenta cenar con los demás?», pensó Eustache…

—Pero no me habíais dicho, señorita Goubard, que vuestro señor sobrino era un…

—¿Un hombre tan apuesto? ¡Ay! ¡Sí, cómo se ha fortalecido! Pues ya hace siete años que no lo habíamos visto al pobre Joseph; y, desde entonces, ha corrido mucha agua bajo el puente…

«Y, a él, mucho vino bajo la nariz», pensó el aprendiz, deslumbrado por el rostro resplandeciente de su futuro sobrino; «a uno no se le pone la cara colorada con agua teñida, y las botellas de maese Goubard van a bailar con los muertos antes de la boda y quizá después…».

—¡Vayamos a almorzar, papá debe de impacientarse! —dijo Javotte saliendo de su sitio—. ¡Ah! ¡Te voy pues a dar el brazo, Joseph…! Y creer que antaño era la más alta, cuando tenía doce años y tú diez; me llamaban la mamá… ¡Lo orgullosa que voy a estar del brazo de un arcabucero! Me llevarás a pasear, ¿verdad? Salgo tan poco; no puedo ir sola; y, los domingos por la tarde, tengo que asistir a la salutación, porque soy de la cofradía de la Virgen, en la iglesia des Saints-Innocents: sostengo una cinta del guion…

Ese chismorreo de muchacha, entrecortado regularmente por el paso sonoro del soldado de caballería, esa forma graciosa y ligera que brincaba abrazada a la otra, maciza y rígida, se perdieron pronto en la sombra sorda de los pilares que bordeaban la Rue de la Tonnellerie y dejaron en los ojos de Eustache solo una nebulosa y en los oídos solo un zumbido.

VII

DESDICHAS Y CRUCES

Hasta aquí le hemos pisado los talones a esta acción burguesa, sin apenas tardar en contarla más tiempo del que le llevó transcurrir; y ahora, pese a nuestro respeto, o más bien nuestra profunda estima por la observación de las unidades en la propia novela, nos vemos obligados a que una de las tres dé un salto de unos días. Las tribulaciones de Eustache, en relación con su futuro sobrino, serían quizá bastante curiosas de referir; pero fueron, sin embargo, menos amargas de lo que se podría juzgar basándose en lo expuesto. A Eustache pronto se lo tranquilizó en lo tocante a su prometida: realmente, Javotte solo había mantenido una impresión quizá demasiado fresca de sus recuerdos de infancia que, en una vida tan poco accidentada como la suya, tomaban una importancia desmesurada. Antes de nada, solo había visto, en el arcabucero montado, al niño alegre y ruidoso, antaño el compañero de juego; pero no tardó en darse cuenta de que ese niño había crecido, que había cambiado de aspecto, y se volvió más reservada para con él.

En cuanto al militar, al margen de algunas familiaridades de ordinario, no dejaba ver hacia su joven tía intenciones censurables; era incluso de esa gente bastante numerosa a quienes las mujeres honestas inspiran poco deseo; y, de momento, decía como el mago Tabarin que «la botella era su amante». Durante los tres primeros días de su llegada, no había abandonado a Javotte e incluso la llevaba por la noche al paseo Cours la Reine, acompañada solo por la criada gorda de la casa, para gran descontento de Eustache. Pero esto no duró; él no tardó en aburrirse de su compañía y se acostumbró a salir solo todo el día, teniendo, bien es cierto, la consideración de volver para las horas de las comidas.

Lo único, pues, que preocupó al futuro esposo era ver a este pariente tan bien establecido en la casa que iba a convertirse en la suya tras la boda, al que no parecía fácil despojar con delicadeza, tanto parecía encajarse más firmemente en ella cada día. Sin embargo, no era más que sobrino político de Javotte, al ser solo hijo de una muchacha que la difunta esposa de maese Goubard había tenido en primer matrimonio.

Pero ¿cómo hacerle entender que tendía a abusar de la importancia de los lazos familiares y que tenía, respecto a los derechos y privilegios del parentesco, unas ideas demasiado amplias, demasiado irrevocables y, en cierto modo, demasiado patriarcales?

No obstante, era probable que pronto sintiese él mismo su indiscreción y Eustache se vio obligado a tener paciencia, al igual que las damas de Fontainebleau cuando la corte está en París, como dice el proverbio.

Pero la boda, sagrada y consagrada, no cambió nada las costumbres del arcabucero montado, que incluso tuvo esperanzas de que podría lograr, gracias a la tranquilidad de los campesinos, quedarse en París hasta la llegada de su cuerpo. Eustache intentó algunas alusiones epigramáticas a que cierta gente tomaba las tiendas por hospederías y muchas otras que no se captaron o que parecieron flojas; por lo demás, aún no se atrevía a hablarlo abiertamente con su mujer y su suegro, al no querer dar, desde los primeros días del matrimonio, la impresión de ser un hombre interesado, ya que les debía todo.

Sin embargo, la compañía del soldado no tenía nada de entretenido: su boca no era más que la campana permanente de su gloria, la cual se basaba mitad en sus triunfos en los combates singulares que lo convertían en el terror del ejército y mitad en sus proezas contra los *croquants*, tristes campesinos franceses contra quienes los soldados del rey Enrique luchaban por no haber podido pagar la talla y que no parecían estar cerca de gozar del famoso cocido de gallina...[2]

Este rasgo de jactancia excesiva era entonces bastante común, tal y como se ve en los tipos de los Taillebras y los Capitanes Matamoros, reproducidos sin cesar en las obras cómicas del siglo, y debe, creo, atribuirse a la irrupción victoriosa de Gascuña en París, a raíz de la llegada del navarro. Este defecto se debilita pronto al ex-

---

2   Se trata de la *poule au pot* ('gallina a la olla'), que Enrique IV democratizó en el siglo XVII como plato nacional de Francia.

tenderse y, unos años más tarde, el barón de Fœneste encarnó un retrato bastante suavizado, pero de una comicidad más perfecta, y por último la comedia *El mentiroso* lo mostró, en 1662, reducido a unas proporciones casi comunes.

Pero lo que, en los modales del militar, más chocaba al bueno de Eustache era una tendencia permanente a tratarlo como un niño, a sacar a la luz los lados menos favorables de su fisionomía y por último a darle en todo momento de cara a Javotte una impresión ridícula, muy perjudicial durante esos primeros días en que un recién casado necesita establecerse de manera respetable y posicionarse para el futuro; añadan también que hacía falta poca cosa para arrugar el amor propio nuevecito y aún estirado de un hombre establecido en comerciante, patentado y juramentado.

Una última tribulación no tardó en colmar el vaso. Como Eustache iba a formar parte de la patrulla del gremio y no quería, como el honrado maese Goubard, prestar servicio en ropa burguesa y con una alabarda prestada por el policía del barrio, había comprado una espada con taza que ya no tenía taza, una celada y una cota de cobre rojo a la que ya amenazaba el martillo de un calderero y, tras haber pasado tres días limpiándolas y bruñéndolas, logró darles cierto lustre que no tenían antes; pero cuando las vistió y se paseó con orgullo por su tienda preguntando si era oportuno llevar el arnés, el arcabucero se echó a reír con la satisfacción de un montón de moscas al sol y le aseguró que parecía llevar puesta la batería de cocina.

VIII

EL PAPIROTAZO

Estando todo dispuesto de esta manera, sucedió que una tarde, era el 12 o 13, un jueves en todo caso, Eustache cerró su tienda temprano; cosa que no se habría permitido sin la ausencia de maese Goubard, que se había ido la antevíspera para ver sus propiedades en Picardía, porque planeaba ir a vivir allí tres meses más tarde, cuando su sucesor se hubiera establecido en su sitio, y poseyese plenamente la confianza de los parroquianos y de los demás comerciantes.

Ahora bien, al volver el arcabucero esa tarde, como de costumbre, encontró la puerta cerrada y las luces apagadas. Lo sorprendió mucho, al no haber sonado el toque en el Châtelet; y, como no volvía de ordinario sin estar un poco animado por el vino, su contrariedad estalló con un gran juramento que hizo estremecerse a Eustache en el entresuelo, donde todavía no estaba acostado, asustándose ya de la audacia de su resolución.

—¡Oye! ¡Eh! —gritó el otro al dar una patada en la puerta—. ¡Así que esta tarde es festivo! ¿Así que es Saint-

Michel, el día de los pañeros, de los capeadores y de los carteristas…?

Y repiqueteaba con el puño en el escaparate; pero no surtió más efecto que si hubiese molido agua en un mortero.

—¡Hola! ¡Tío mío y tía mía…! ¿Así que queréis que pase la noche a pleno viento, en la arenisca, a riesgo de que los perros y los otros bichos me pongan perdido…? ¡Oye! ¡Eh! ¡Al diantre los parientes! ¡Son capaces, pardiez…! ¡La naturaleza pues, patanes! ¡Oh! ¡Oh! ¡Baja presto, burgués, te traen dinero…! ¡Que la calamidad te lleve, maldito palurdo!

Todo este sermón del pobre sobrino no conmovía de ningún modo el rostro de madera de la puerta; gastaba para nada sus palabras, como el venerable Beda al predicar a un montón de piedras.

Pero si las puertas son sordas, las ventanas no son ciegas y hay una manera muy sencilla de despejarles la mirada; el soldado se lo planteó de repente, salió de la galería oscura de los pilares, retrocedió hasta la mitad de la Rue de la Tonnellerie y, cogiendo un cascote a sus pies, lo dirigió tan bien que dejó tuerta una de las ventanitas del entresuelo. Un incidente en que Eustache no había pensado en absoluto, un signo de interrogación formidable para esta pregunta en que se resumía todo el monólogo del militar: Pero ¿por qué no abren la puerta…?

Eustache tomó súbitamente una resolución, pues un cobarde montado en cólera se parece a un villano metido en gastos y lleva siempre las cosas al extremo; pero además, tenía empeño en dar por una vez buena impresión ante su nueva esposa, que podía haber sentido por él poco respeto al ver hacía varios días que era el chivo expiatorio del militar, con la diferencia de que el chivo devuelve a veces buenos golpes a aquellos que lo doman. Tomó, pues, su sombrero de fieltro torcido y hubo rodado por la escalera estrecha del entresuelo antes de que Javotte pensase en pararlo. Descolgó el estoque al pasar por la trastienda y solo cuando sintió en la mano ardiente el frío de la empuñadura de cobre se paró un momento y no volvió a caminar más que con pies de plomo hacia la puerta, de la que sostenía la llave en la otra mano. Pero una segunda ventana que se rompió con gran estruendo y los pasos de su mujer que oyó tras los suyos le devolvieron todo el denuedo: abrió precipitadamente la puerta maciza y se plantó en el umbral con la espada desnuda, como el arcángel a las puertas del paraíso terrenal.

—¿Qué quiere, pues, este casquivano nocturno? ¿Este malvado borracho de tres al cuarto? ¿Este rompedor de platos resquebrajados…? —gritó con un tono que hubiese sido tembloroso a poco que lo hubiese dado dos notas más graves—. ¿Es esta la manera de comportarse con la gente honesta…? ¡Ea, dadnos las espaldas inmediatamente e id a dormir en los osarios con vuestros semejantes o llamo a mis vecinos y la gente de la guardia para que os detengan!

—¡Ah! ¡Ah! ¿Así cantas ahora, pajarraco? ¿Te han silbado, pues, esta tarde con una trompeta…? ¡Ah! Bien, ya es otra cosa… Me gusta verte hablar trágicamente, como

Tranchemontagne y los valientes son mis favoritos…
¡Ea, ven que te abrace, Picrochole…![3]

—¡Vete, crápula! ¿Oyes a los vecinos despertarse por el ruido, que van a conducirte al primer cuerpo de guardia, como a un afrentador y un ladrón? ¡Vete, pues, sin más escándalo y no vuelvas!

Pero, por el contrario, el soldado avanzaba entre los pilares, lo que embotó un poco el final de la réplica de Eustache:

—¡Bien dicho! —le dijo a este—. El aviso es honesto y merece que lo paguen…

El tiempo de contar hasta tres, ya estaba cerquísima y había soltado en la nariz del joven comerciante pañero un papirotazo como para dejarla carmesí:

—¡Quédatelo todo si no tienes vuelta! —exclamó—. ¡Y hasta más ver, tío mío!

Eustache no pudo soportar con paciencia esta afrenta, más humillante aún que una bofetada, delante de su nueva esposa y, a pesar de los esfuerzos que ella hacía para retenerlo, se lanzó hacia su adversario, que se iba y lo golpeó con el filo que hubiese hecho honor al brazo del valiente Ruggero si la espada hubiese sido una Balisarda; pero ya no cortaba desde las guerras de religión y no cortó el correaje del soldado; este le agarró enseguida las dos manos, de tal manera que la espada cayó primero y acto seguido el paciente se puso a gritar lo más alto que pudo, atizando furiosas patadas a las botas blandas de su atormentador.

---

3   Personaje en *Gargantúa* de Rabelais.

Afortunadamente, Javotte se interpuso, pues los vecinos estaban observando la lucha por la ventana, pero apenas si pensaban en bajar para ponerle fin; y Eustache, al sacar los dedos azulados del torno natural que los había apretado, tuvo que frotarlos durante mucho tiempo para quitarles la forma cuadrada que habían adoptado.

—¡No te temo —exclamó— y nos volveremos a ver! ¡Te emplazo, si tienes el corazón de un perro, te emplazo mañana por la mañana en el Pré aux Clercs…! ¡A las seis, belitre! ¡Y lucharemos a muerte, matón!

—¡Bien elegido el lugar, campeoncito mío, y lo haremos como hidalgos! ¡Hasta mañana, pues; por san Jorge que la noche se te hará corta!

El militar pronunció estas palabras con un tono de consideración que no había mostrado hasta entonces. Eustache se volvió orgulloso hacia su mujer; su cartel lo había engrandecido seis palmos. Recogió la espada y empujó la puerta con gran estruendo.

IX

EL CHÂTEAU-GAILLARD

El joven comerciante pañero, al despertarse, se desengañó de la valentía de la víspera. No hubo dificultad en admitir que había sido muy ridículo al proponerle un duelo al arcabucero, él, que no sabía manejar más arma que la media vara, con que había practicado esgrima a menudo, en la época de su aprendizaje, con sus compañeros en el solar de los cartujos. En consecuencia, apenas si tardó en tomar la firme resolución de quedarse en casa y dejar que su adversario paseease su necedad por el Pré aux Clercs, meneándose como un ganso atado.

Cuando la hora hubo pasado, se levantó, abrió la tienda y no le habló a su mujer de la escena de la víspera, así como ella evitó, por su parte, hacer la menor alusión. Desayunaron en silencio; después Javotte fue, como de ordinario, a establecerse bajo el paraguas rojo, dejando a su marido ocupado, con la criada, en examinar un trozo de paño y en señalar los defectos. Hay que decir que dirigía a menudo los ojos hacia la puerta y temblaba cada vez que su temible pariente parecía venir a reprocharle su cobardía y su falta de palabra. Ahora bien, hacia las ocho y media, vio asomar a lo lejos el uniforme del arcabucero bajo la galería de los pilares, aún bañado en sombras como un reitre de Rembrandt, que resplandecía con tres brillos, el del morrión, el de la cota y el de la nariz; funesta aparición que se agrandaba y se aclaraba rápidamente, y cuyo paso metálico parecía sacudir cada minuto de la última hora del pañero.

Pero el mismo uniforme no cubría el mismo molde y, por hablar de forma más simple, era un militar compañero del otro quien se paró delante de la tienda de Eustache, repuesto a duras penas de su espanto, y le dirigió la palabra con un tono muy tranquilo y muy civilizado.

Le hizo saber primero que su adversario, al haberlo esperado durante dos horas en el lugar de la cita sin verlo llegar y juzgando que un accidente imprevisto le había impedido ir, volvería al día siguiente, a la misma hora, al mismo sitio, permanecería allí el mismo espacio de tiempo y que, si no tenía mayor éxito, se trasladaría a continuación a su tienda, le cortaría las dos orejas y se las metería en el bolsillo, como había hecho, en 1605, el famoso Brusquet a un escudero del duque de Chevreuse por el mismo asunto, hecho que obtuvo la aprobación de la corte y se consideró en general de buen gusto.

Eustache respondió a esto que su adversario menoscababa su valentía con una amenaza semejante y que tendría que luchar en combate singular por partida doble; añadió que el obstáculo no tenía otro motivo que el de no haber podido encontrar aún a alguien para servirle de segundo.

El otro pareció satisfecho con esta explicación y quiso informar al comerciante de que encontraría excelentes segundos en el Pont-Neuf, delante de la Samaritaine, donde se paseaban de ordinario; gente que no tenía otra profesión y que, por un escudo, se encargaría de abrazar la disputa de quien fuese e incluso de llevar las espadas. Tras estas observaciones, hizo una gran reverencia y se retiró.

Eustache, que se había quedado solo, se puso a pensar y permaneció mucho tiempo en este estado de perplejidad: la mente se le ramificaba en tres resoluciones principales: o quería hacer presente al Teniente Civil la inoportunidad del militar y de sus amenazas y pedirle la autorización de llevar armas para su defensa; pero esto seguía llevando a un combate. O bien se decidía por ir al lugar, avisando a los guardias, de manera que llegasen en el momento mismo en que el duelo comenzase; pero podían llegar cuando hubiera terminado. Finalmente, pensaba también en ir a consultar al bohemio del Pont-Neuf y a ello se decidió por último.

A las doce, la criada sustituyó, bajo el paraguas rojo, a Javotte, que fue a almorzar con su marido; este no le habló, durante la comida, de la visita que había recibido, pero le rogó a continuación que cuidase la tienda mientras iba a hacer el artículo a casa de un caballero recién llegado y que quería que lo vistiesen. En efecto, cogió la bolsa de muestras y se dirigió hacia el Pont-Neuf.

El Château-Gaillard, situado a la orilla del agua, en el extremo meridional del puente, era un pequeño edificio coronado por una torre redonda, que había servido de cárcel en su época, pero que ahora empezaba a arruinarse y agrietarse, y apenas si era habitable para quienes no tenían otro refugio. Eustache, tras haber caminado durante un tiempo con paso poco seguro entre las piedras que cubrían el suelo, encontró una puertecita en cuyo centro había un murciélago clavado. Llamó suavemente y el mono de maese Gonin le abrió enseguida levantando un pestillo, servicio para el que estaba amaestrado, como lo están a veces los gatos domésticos.

El escamoteador estaba sentado a una mesa y leía. Se volvió con seriedad y le indicó al joven que se sentara en un escabel. Cuando este le hubo contado su aventura, le aseguró que era lo menos lamentable del mundo, pero que había hecho bien en dirigirse a él.

—Pedís un encanto —añadió—, un encanto mágico para vencer a vuestro adversario sobre seguro; ¿no es lo que necesitáis?

—Claro, si es posible.

—Aunque todo el mundo se empeña en componerlos, no encontraréis en ningún lugar encantos tan seguros como los míos; tampoco están, como algunos, formados por arte diabólico; sino que resultan de una ciencia minuciosa de la magia blanca y no pueden, de modo alguno, comprometer la salvación del alma.

—Está bien —dijo Eustache—, de lo contrario me cuidaría de utilizarlo. Pero ¿cuánto cuesta vuestra obra mágica? Pues aún tengo que saber si podré pagarla.

—Pensad que con ello compráis la vida y, aún más, la gloria. Convenido esto, ¿pensáis que, por estas dos cosas excelentes, se pueda exigir menos de cien escudos?

—¡Que cien diablos te lleven! —masculló Eustache, cuyo rostro se oscureció—. ¡Es más de lo que poseo...! ¿Y qué me deparará la vida sin pan y la gloria sin ropa? Además, quizá sea esta una falsa promesa de charlatán con que se engaña a las personas crédulas.

—Me pagaréis después.

—Algo es algo... En fin ¿qué prenda queréis?

—Solo vuestra mano.

—Sea pues... ¡Pero soy un gran fatuo al escuchar vuestras sandeces! ¿No me habíais predicho que acabaría en el dogal?

—Sin duda y no me retracto.

—Entonces, si así es, ¿qué he de temer, pues, de este duelo?

—Nada, salvo algunas estocadas y chirlos, para abrir a vuestra alma las puertas más grandes... Después, os echarán el guante y os subirán sin embargo a la media cruz, alto y en corto, muerto o vivo, como fija el mandamiento; y así vuestro destino se verá realizado. ¿Lo entendéis?

El pañero lo comprendió tanto que se apresuró en ofrecer la mano al escamoteador, a modo de consentimiento, pidiéndole diez días para encontrar la suma, con lo que el otro estuvo de acuerdo, tras haber anotado en la pared el día fijo del vencimiento. A continuación cogió el libro del gran Albert, comentado por Cornelio Agripa y el abad Trithemius, lo abrió por el artículo de los «Combates singulares» y, para asegurar más a Eustache de que su operación no tendría nada de diabólico, le dijo que podría no obstante recitar sus oraciones, sin miedo a que supusiese ningún obstáculo. Levantó entonces la tapa de un baúl, sacó una vasija de barro sin barnizar y mezcló en ella distintos ingredientes que el libro parecía indicarle, pronunciando en voz baja una suerte de encantamiento. Cuando hubo terminado, tomó la mano derecha de Eustache, que, con la otra, se santiguaba, y la ungió hasta la muñeca en la mixtura que acababa de componer.

A continuación, volvió a sacar del baúl un frasco muy viejo y muy grasiento y, al verterlo lentamente, derramó unas gotas en el dorso de la mano, pronunciando palabras latinas que se parecían a la fórmula que los sacerdotes emplean para el bautizo.

Solo entonces Eustache sintió en todo el brazo una suerte de conmoción eléctrica que lo asustó mucho; la mano le pareció como entumecida y, sin embargo, cosa muy extraña, se retorció y se estiró varias veces chasqueando las articulaciones, como un animal que se despierta; y no sintió nada más, la circulación pareció restablecerse y maese Gonin exclamó que todo había terminado y que ya podía retar con la espada a los plumeros más tiesos de la corte y del ejército, y abrirles ojales para todos los botones inútiles con que la moda sobrecargaba entonces su vestimenta.

X

EL PRÉ AUX CLERCS

A la mañana siguiente, cuatro hombres cruzaban las verdes alamedas del Pré aux Clercs buscando un lugar conveniente y lo bastante apartado. Llegados al pie de la pequeña ladera que bordeaba la parte meridional, se pararon en el emplazamiento de un juego de bolos, que les pareció un terreno muy apto para enfrentarse cómodamente. Entonces Eustache y su adversario se quitaron los jubones y los testigos los examinaron, según la costumbre, bajo la camisa y las calzas. El pañero estaba inquieto, pero aun así tenía fe en el encanto del bohemio; pues se sabe que jamás las operaciones mágicas, encantos, filtros y hechizos tuvieron más crédito que en esta época, en que dieron lugar a tantos procesos de los que los registros de los tenientes están llenos y en que los propios jueces compartían la credulidad general.

El testigo de Eustache, al que había encontrado en el Pont-Neuf y pagado un escudo, saludó al amigo del arcabucero y le preguntó si tenía intención de batirse también; al haberle respondido el otro que no, se cruzó de brazos con indiferencia y retrocedió para ver a los campeones.

El pañero no pudo evitar cierto mareo cuando el adversario le hizo el saludo de armas, que no devolvió. Permanecía inmóvil, sujetando la espada ante él como un cirio, y tan mal plantado que el militar, que en el fondo no tenía mal corazón, se prometió hacerle solo un rasguño. Pero apenas los estoques se hubieron tocado, Eustache se dio cuenta de que su mano arrastraba el brazo hacia delante y se agitaba de manera brusca. Mejor dicho, solo la sentía por el tirón potente que ejercía sobre los músculos del brazo; sus movimientos tenían una fuerza y una elasticidad prodigiosas, que se podría comparar con las de un resorte de acero; al militar casi se le torció la muñeca al parar el golpe de tercera; pero el golpe de cuarta lanzó su espada a diez pasos, mientras que la de Eustache, sin recuperarse y con el mismo movimiento que la había impulsado, le atravesó el cuerpo con tanta violencia que la taza se le imprimió en el pecho. Eustache, que no se había tirado a fondo y cuya mano lo había arrastrado por una sacudida imprevista, se habría partido la cabeza al caer cuan largo era si esta no se hubiera dirigido al vientre de su adversario.

—¡Vive Dios, qué muñeca…! —exclamó el testigo del soldado—. ¡Este muchacho le daría una lección al caballero Retuercerrobles! No tiene gracia ni físico pero, por la rigidez del brazo, ¡es peor que un arco de Gales!

Sin embargo, Eustache se había levantado con la ayuda de su testigo y permaneció un momento absorto por lo que acababa de suceder, pero cuando pudo distinguir claramente al arcabucero tendido a sus pies, cuya espada fijaba a la tierra, como un sapo clavado en un círculo mágico, se puso a huir de tal manera que olvidó en la hierba el jubón de los domingos, acuchillado y decorado con pasamanos de seda.

No obstante, como el soldado estaba bien muerto, los dos segundos no tenían nada que ganar quedándose en el lugar, y se alejaron rápidamente. Habían dado un centenar de pasos cuando el de Eustache exclamó golpeándose la frente:

—¡Y la espada que había prestado y que se me olvidaba!

Dejó que el otro prosiguiese su camino y, al haber vuelto al lugar del combate, se puso a revolver con curiosidad los bolsillos del muerto, donde solo encontró unas llaves, un trozo de cuerda y una baraja de tarot sucia y descantillada.

—¡Na! ¡Na de na! —murmuró—. ¡Otro bergante que no tiene ni cuartos ni peluco! ¡Que luzbel te garbee, soplamechas!

La educación enciclopédica del siglo nos dispensa de explicar, en esta frase, otra cosa que no sea el último término, que hacía referencia a la condición de arcabucero del difunto.

Nuestro hombre, al no osar llevarse nada del uniforme, cuya venta lo podría haber comprometido, se limitó a quitarle las botas al militar, las enrolló bajo su capa con el jubón de Eustache y se alejó renegando.

XI

OBSESIÓN

El pañero estuvo varios días sin salir de casa, el corazón afligido por esta muerte trágica, que había causado por unas ofensas bastante ligeras y de una manera condenable y damnable, tanto en este mundo como en el otro. Había momentos en que lo consideraba todo un sueño y, si no se le hubiera olvidado el jubón en la hierba, testigo irrecusable que brillaba por su ausencia, hubiese desmentido la exactitud de su recuerdo.

Una tarde, por fin, quiso quemarse los ojos ante la evidencia y fue al Pré aux Clercs como para pasear. Su vista se nubló al reconocer el juego de bolos donde el duelo había tenido lugar y se vio obligado a sentarse. Unos fiscales estaban jugando, como es costumbre antes de cenar; y Eustache, en cuanto la niebla que velaba sus ojos se hubo disipado, creyó distinguir en el terreno llano, entre los pies separados de uno de ellos, una amplia capa de sangre.

Se levantó de manera convulsiva y aceleró el paso para salir del camino, teniendo todavía ante los ojos la capa de sangre que, manteniendo la forma, se posaba en todos los objetos en que la mirada se le detenía al pasar, como esas manchas lívidas que se ven durante mucho tiempo en torno a uno cuando ha mirado fijamente el sol.

Al volver a casa, creyó notar que lo habían seguido; solo entonces pensó que unas personas del palacete de la reina Margarita, ante el cual había pasado la otra mañana y esa misma tarde, quizá lo hubiesen reconocido; y, aunque las leyes sobre el duelo no se ejecutaran en esta época con mucho rigor, pensó que se podía perfectamente juzgar oportuno el colgar a un pobre comerciante, para aleccionar a los cortesanos, a los que no se osaba entonces combatir como se hizo más tarde.

Estos pensamientos y varios otros le causaron una noche muy agitada; no podía pegar ojo ni un momento sin ver mil horcas que lo amenazaban con el puño, de cada una de las cuales colgaba al final de una cuerda un muerto que se desternillaba de risa horriblemente o un esqueleto cuyas costillas se dibujaban con nitidez en la cara amplia de la luna.

Pero una idea feliz vino a desechar todas estas visiones aviesas: Eustache recordó al Teniente Civil, antiguo parroquiano de su suegro, que ya le había dado una acogida bastante benevolente; se prometió ir a visitarlo a la mañana siguiente y confiarse completamente a él, convencido de que lo protegería al menos por consideración hacia Javotte, a la que había visto y acariciado de pequeñita, y hacia maese Goubard, al que tenía en gran estima. El pobre comerciante se durmió por fin y descansó hasta por la mañana con la tranquilidad de esta buena resolución.

A la mañana siguiente, hacia las nueve, llamaba a la puerta del teniente. El ayudante de cámara, al suponer que venía para tomar medidas de ropa o para proponer alguna compra, lo presentó enseguida a su amo, que, medio recostado en un gran sillón con orejeras, leía algo divertido. Sostenía el antiguo poema de Merlín Cocayo y se deleitaba particularmente con el relato de las proezas de Balde, el valeroso prototipo de Pantagruel, y más aun con las sutilezas y ladronerías sin igual de Cingar, ese grotesco patrón al que nuestro Panurgo se amoldó de manera tan afortunada.

El letrado Chevassut leía la historia de los carneros, con que Cingar despeja la nave tirando al mar el que ha pagado y que todos los demás siguen de inmediato, cuando se dio cuenta de la visita que tenía y, posando el libro en una mesa, se volvió hacia su pañero con aire de buen humor.

Le preguntó por la salud de su mujer y de su suegro, y le hizo toda clase de bromas banales relativas a su nueva condición de casado. El joven aprovechó la mención a este tema para pasar a su aventura y, habiendo recitado todo el desarrollo de su pelea con el arcabucero, alentado por el aire paternal del teniente, le confesó también el triste desenlace que había tenido.

El otro lo miró con el mismo asombro que si fuese el gigante bueno Fracasse de su libro o el fiel Falquet que tenía los cuartos traseros de un galgo, en lugar de maese Eustache Bouteroue, comerciante de los arcos: pues, aunque ya se hubiera enterado de que sospechaban del mencionado Eustache, no había podido dar la menor credibilidad a esta relación, a este hecho de armas con una espada que clavó contra la tierra a un soldado del rey, atribuido a un retaco ayudante de tienda, alto como Gribouille o Triboulet.

Pero cuando no pudo dudar más del suceso, le aseguró al pobre pañero que utilizaría todo su poder para silenciar el asunto y para distraer a la gente de la justicia de sus indicios, prometiéndole, siempre que los testigos no lo acusasen, que pronto podría vivir en descanso y con soltura.

El letrado Chevassut lo acompañaba incluso hasta la puerta reiterándole sus palabras, cuando, en el momento de despedirse humildemente de él, Eustache se atrevió a asestarle una bofetada como para borrarle la cara, una gloriosa bofetada que dejó al teniente la cara medio roja y medio azul como el escudo de París, con lo que se quedó más sorprendido que un fundidor de campanas, abriendo la boca un pie o dos, y tan incapaz de hablar como un pez despojado de lengua.

El pobre Eustache se aterrorizó tanto con este hecho que se precipitó a los pies del letrado Chevassut y le pidió perdón por su irreverencia con los términos más suplicantes y las más lastimosas declaraciones, jurando que era un movimiento convulsivo imprevisto, en que su voluntad no intervenía para nada, y del que esperaba misericordia tanto de él como del Señor. El anciano lo levantó, más sorprendido que enfadado; pero apenas si estuvo de pie le dio, con el revés de la mano, en la otra mejilla, tal bofetada, semejante a la otra, que los cinco dedos imprimieron un buen hueco en que se podrían haber moldeado.

Esta vez, la situación se volvía insoportable y el letrado Chevassut corrió a la campanilla para llamar al personal; pero el pañero lo persiguió, continuando el baile, lo que constituía una escena singular, porque a cada bofetón con que gratificaba a su protector, el infeliz se deshacía en disculpas lacrimosas y en súplicas ahogadas, cuyo contraste con lo que hacía era de lo más divertido; pero en vano intentaba parar el impulso al que su mano lo arrastraba, parecía un niño que sujeta un gran pájaro con una cuerda atada a la pata. El pájaro tira del niño asustado por todos los rincones de la habitación, que no osa dejarlo volar y que no tiene fuerza para detenerlo. Así, la mano tiraba del desafortunado Eustache persiguiendo al Teniente Civil, que daba vueltas alrededor de las mesas y sillas y llamaba y gritaba, indignado de rabia y sufrimiento. Por fin los sirvientes entraron, prendieron a Eustache Bouteroue y lo derribaron, sofocado y claudicante. El letrado Chevassut, que apenas si creía en la magia blanca, solo debía pensar que el joven lo había desdeñado y maltratado por alguna razón que no se podía explicar; así pues, mandó llamar a los sargentos, a los que entregó a su hombre bajo la doble acusación de asesinato en duelo y desacato a un teniente en su propia morada. Eustache solo volvió en sí con el chirrido de los cerrojos que abrían el calabozo al que lo destinaban.

—¡Soy inocente…! —exclamó al carcelero que lo empujaba adentro.

—¡Ah, pardiez! —le contestó con seriedad ese hombre—. ¿Dónde creéis, pues, que estáis? ¡Aquí solo tenemos de esos!

XII

DE ALBERTO MAGNO
Y DE LA MUERTE

A Eustache lo habían bajado a una de esas salitas del Châtelet, de las que Cyrano decía que al verlo allí lo hubiesen tomado por una vela bajo una ventosa.

«Si me dan —añadía tras haber examinado todos sus rincones mediante una pirueta—, si me dan esta prenda de roca como traje, es demasiado ancha; si es como tumba, es demasiado estrecha. Aquí los piojos tienen los dientes más largos que el cuerpo y se sufre sin cesar la piedra, que no es menos dolorosa por ser exterior».

Allí nuestro héroe pudo reflexionar con toda tranquilidad sobre su mala suerte y maldecir el fatal socorro que había recibido del escamoteador, que había distraído uno de sus miembros de la autoridad natural de su cabeza; de lo que necesariamente debían derivarse todo tipo de desórdenes. Así pues, su sorpresa fue grande al verlo un día bajar a su calabozo y preguntarle con un tono tranquilo cómo se encontraba.

—¡Que el diablo te cuelgue por las tripas, malvado trápala y lanzador de hechizos —le dijo—, por tus encantamientos malditos!

—¿A qué viene esto, pues? —respondió el otro—. ¿Soy el motivo de que no vinierais el décimo día a traerme la suma estipulada para levantar el encanto?

—¡Eh…! ¿Acaso sabía que necesitaseis tan rápido el dinero —dijo Eustache un poco más bajo—, vos que hacéis oro a discreción, como el escritor Flamel?

—¡No, no! —dijo el otro—. ¡Muy al contrario! Llegaré sin duda a esa gran obra hermética, al estar totalmente encaminado; pero de momento solo he logrado transmutar el oro fino en un hierro muy bueno y muy puro: secreto que también había hallado el gran Ramon Llull al final de sus días…

—¡La hermosa ciencia! —dijo el pañero—. ¡Ea! Venís, pues, a sacarme de aquí al fin; ¡claro! ¡Es muy razonable! Y apenas si contaba con ello…

—¡He aquí precisamente el impedimento, compañero mío! Es, en efecto, lo que aspiro pronto a conseguir, abrir también las puertas sin llave, para entrar y salir; y veréis mediante qué operación se logra.

Al decir esto, el bohemio sacó de su bolsillo su libro de Alberto Magno y, a la luz de la linterna que había traído, leyó el siguiente párrafo:

MEDIO HEROICO QUE UTILIZAN LOS CRIMINALES PARA ENTRAR EN LAS CASAS

Se toma la mano cortada de un ahorcado, que hay que haberle comprado antes de que muera; se sumerge, cuidando de sostenerla casi cerrada, en un recipiente de cobre que contenga zimac y nitrato, con grasa de *spondillis*. Se expone el recipiente a un fuego claro de helecho y verbena; de tal manera que la mano se encuentre, después de un cuarto de hora, completamente desecada y apta para conservarse mucho tiempo. Después, habiendo formado una vela con grasa de becerro marino y sésamo de Laponia, se utiliza la mano como palmatoria para mantener esta vela encendida; y, en todos los lugares a los que uno vaya, las trancas caerán, las cerraduras se abrirán y todas las personas con que uno se cruce permanecerán inmóviles.

Esta mano así preparada recibe el nombre de «mano de gloria».

—¡Qué hermoso invento! —exclamó Eustache Bouteroue.

—Esperad, pues; aunque no me hayáis vendido la mano, no obstante, me pertenece, porque no la habéis desempeñado el día acordado y prueba de ello es que, una vez pasado el vencimiento, se comportó, por el espíritu que la posee, de manera que yo pudiese disfrutar de ella cuanto antes. Mañana, el tribunal os condenará al dogal; pasado mañana, la sentencia se cumplirá y, esa misma tarde, recolectaré esta fruta tan codiciada y la aderezaré como es debido.

—¡Claro que no! —exclamó Eustache—. Y quiero, mañana mismo, explicar a los *señores* todo el misterio.

—¡Ah! Está bien, hacedlo… Y seréis quemado vivo por haber utilizado la magia, lo que os acostumbrará por adelantado al espetón del Sr. diablo… Pero incluso esto no será nada, pues vuestro horóscopo indica el dogal, ¡y nada os puede librar de él!

Entonces, el miserable Eustache se puso a gritar tan fuerte y a llorar tan vivamente que daba mucha lástima.

—¡Eh, ya, ya! Querido amigo —le dijo con suavidad maese Gonin—, ¿por qué exasperarse así con el destino?

—¡Virgen santa! Es fácil de decir —sollozó Eustache—; pero cuando la muerte está tan cerca…

—¿Entonces? ¿Qué es, pues, la muerte para que uno tenga que asombrarse tanto…? ¡A mí la muerte me importa un rábano!

»"¡Nadie muere antes de que le llegue la hora!" dijo Séneca. ¿Sois, pues, el único vasallo de la señora muerte? ¡Yo también lo soy y este, un tercero, un cuarto, Martin, Philippe…! La muerte no respeta a nadie. Es tan osada que condena, mata y se lleva indistintamente a papas, emperadores y reyes, como a prebostes, sargentos y demás canallas. Luego no os aflijáis por hacer lo que todos los demás harán más tarde; su condición es más deplorable que la vuestra; pues, si la muerte es un mal, solo es mal para aquellos que han de morir. Así, solo os queda un día de este mal y a la mayoría le quedan veinte o treinta años y más.

»Un antiguo decía: "El momento que te ha dado la vida ya la ha mermado". Estáis en la muerte mientras estáis en la vida, pues, cuando ya no estáis en vida, estáis después de la muerte; o, mejor dicho, y para acabar bien: ¡la muerte no os atañe ni muerto ni vivo, vivo porque lo estáis, muerto porque ya no lo estáis!

»Que os basten, amigo mío, estos razonamientos para alentaros a beber este ajenjo sin poner mala cara y meditad hasta entonces un hermoso verso de Lucrecio cuyo sentido es el siguiente: "¡Vive todo lo que puedas, no le quitarás nada a la eternidad de tu muerte!".

Tras estas hermosas máximas quintaesenciadas de los antiguos y de los modernos, pulidas y sofisticadas para el gusto del siglo, maese Gonin cogió la linterna, llamó a la puerta del calabozo, que el carcelero vino a abrirle, y las tinieblas volvieron a caer sobre el prisionero como una capa de plomo.

XIII

CUANDO EL AUTOR
TOMA LA PALABRA

Las personas que deseen conocer todos los detalles del proceso de Eustache Bouteroue encontrarán sus documentos en los *Fallos memorables del Tribunal de París*, que están en la biblioteca de los manuscritos y cuya búsqueda les facilitará el Sr. Paris con su amabilidad habitual. Este proceso ocupa el lugar alfabético inmediatamente anterior al del barón de Boutteville, muy curioso también, debido a la singularidad de su duelo con el marqués de Bussi, en que, para arrostrar más aun los edictos, vino expresamente de Lorraine a París y se batió en la misma Place Royale, a las tres de la tarde, y el mismo Domingo de Pascua (1627). Pero no se trata aquí de ello. En el proceso de Eustache Bouteroue solo es cuestión del duelo y de los ultrajes al Teniente Civil y no del encanto mágico que causó todo este desorden. Pero una nota adjunta a los otros documentos remite a la *Compilación de las historias trágicas* de Belleforest (edición de La Haya, al estar incompleta la de Ruan); y ahí se encuentran todavía los detalles que nos quedan por dar sobre esta aventura, que Belleforest titula de manera bastante afortunada: *La mano poseída*.

XIV

CONCLUSIÓN

La mañana de su ejecución, Eustache, al que habían alojado en una celda mejor iluminada que la otra, recibió la visita de un confesor, que le susurró unos consuelos espirituales de tan buen gusto como los del bohemio, los cuales apenas si surtieron efecto. Era un tonsurado de esas buenas familias en que uno de los hijos siempre es un cura con su apellido; tenía un alzacuello bordado, la barba encerada y doblada con punta de huso y un par de bigotes, cuales colmillos, retorcidos muy galantemente; tenía los cabellos muy rizados y fingía hablar un poco groseramente para dotarse de un lenguaje afectado. Eustache, al verlo tan atrevido y tan peripuesto, no tuvo ánimo para confesarle toda su culpa y se confió a sus propias oraciones para obtener el perdón.

El sacerdote le dio la absolución y, para pasar el tiempo, como tenía que permanecer hasta las dos junto al condenado, le mostró un libro titulado: *El llanto del alma penitente* o *El regreso del pecador a su Dios*. Eustache abrió el volumen por el pasaje del privilegio real y se puso a leer con mucha compunción, empezando por: «Enrique,

rey de Francia y de Navarra, a nuestros amados y fieles»,
etcétera, hasta la frase: «por estos motivos, al querer tra-
tar favorablemente la sentencia que expone…». En este
punto no pudo evitar romper a llorar y devolvió el libro
diciendo que era muy conmovedor y que temía ablan-
darse si seguía leyendo. Entonces el confesor sacó de su
bolsillo un juego de cartas muy bien pintado y propuso
a su penitente algunas partidas en que le ganó un poco
de dinero que Javotte le había hecho llegar para que
pudiese procurarse algunos alivios. El pobre hombre
apenas si pensaba en el juego, pero también es cierto
que notaba poco la pérdida.

A las dos, salió del Châtelet, castañeándole la den-
tadura al mascullar los padrenuestros, y lo condujeron
a la Place des Augustins, entre los dos soportales que
forman la entrada de la Rue Dauphine y el frente del
Pont-Neuf, donde tuvo el honor de una horca de piedra.
Demostró bastante entereza en la escalera, pues mucha
gente lo miraba, al ser esta plaza de ejecución una de
las más concurridas. Pero, como para dar ese gran salto al vacío uno toma toda la carrerilla que puede, en el
momento en que el ejecutor se disponía a ponerle la
cuerda al cuello, con tanta ceremonia como si fuese el
Vellocino de oro, pues este tipo de personas, al ejercer
su profesión ante el público, ponen de ordinario mucha
maña e incluso gracia en lo que hacen, Eustache le rogó
que por favor se detuviera un instante para que pudiese dedicar aún dos oraciones a san Ignacio y a san Luis
de Gonzaga, que había, entre todos los demás santos,
reservado para los últimos, al haber sido beatificados

ese mismo año, en 1609; pero ese hombre le respondió que el público que estaba presente tenía sus asuntos y que era indecoroso hacerlo esperar tanto por un espectáculo tan pequeño como un simple ahorcamiento; pese a ello, la cuerda que sujetaba, al empujarlo de la escalera, entrecortó la réplica de Eustache.

Aseguran que, cuando todo parecía terminado y el ejecutor se iba a retirar a su casa, maese Gonin se asomó a una de las troneras del Château-Gaillard, que daba del lado de la plaza. Enseguida, aunque el cuerpo del pañero estuviese flojo e inerte por completo, se le levantó el brazo y la mano se le agitó alegremente como la cola de un perro que vuelve a ver a su amo. Ello originó entre la muchedumbre un largo grito de sorpresa y aquellos que ya estaban empezando a irse volvieron a toda prisa, como la gente que cree que la obra ha terminado, cuando todavía queda un acto.

El ejecutor volvió a colocar la escalera, palpó los pies del ahorcado por detrás de los tobillos: ya no tenía pulso; cortó una arteria, la sangre no brotó y el brazo continuaba, pese a ello, sus movimientos desordenados.

El hombre de rojo no se sorprendía por poca cosa; se puso en disposición de subirse a los hombros del sujeto, con grandes abucheos de los asistentes; pero la mano trató su rostro granujiento con la misma irreverencia que había mostrado hacia el señor letrado Chevassut, de manera que este hombre sacó, jurando por Dios, un ancho cuchillo que llevaba siempre bajo la ropa y con dos golpes abatió la mano poseída.

Esta dio un salto prodigioso y cayó sangrando en medio de la muchedumbre, que se dividió con pavor; entonces, dando todavía varios saltos gracias a la elasticidad de sus dedos, y como todos le abrían un amplio paso, se halló pronto al pie de la torrecilla del Château-Gaillard; a continuación, agarrándose con los dedos como un cangrejo a las asperezas y a las grietas de la muralla, subió así hasta la tronera en que el bohemio la esperaba.

Belleforest se detiene en esta conclusión singular y acaba en estos términos: «Esta aventura anotada, comentada e ilustrada entretuvo durante mucho tiempo a la buena sociedad, así como al vulgo, siempre ávidos de relatos extraños y sobrenaturales; pero es quizás otra de esas chanzas buenas para divertir a los niños en torno al fuego y que las personas graves y reflexivas no deben tomar a la ligera».

EL MONSTRUO VERDE

I

EL CASTILLO DEL DIABLO

Voy a hablar de uno de los más antiguos habitantes de París; lo llamaban antaño el diablo Vauvert.

De donde resultó la expresión: «¡Queda donde el diablo Vauvert! ¡Váyase al diablo Vauvert!». Es decir: Váyase… a paseo por los Campos Elíseos.

Los porteros suelen decir: «¡Queda donde el diablo verde!» para expresar un lugar que está muy lejos.

Significa que hay que pagar muy caro el recado que se les encarga. Pero es, además, una locución viciosa y corrompida, como muchas otras coloquiales del pueblo parisiense.

El diablo Vauvert es en esencia un habitante de París, donde mora hace muchos siglos si se da crédito a los historiadores. Sauval, Félibien, Sainte-Foix y Dulaure han narrado en detalle sus escapadas.

Parece haber vivido primero en el castillo de Vauvert, que estaba situado en el lugar que ocupa hoy el animado salón de baile de La Chartreuse, en un extremo del palacio del Luxemburgo y enfrente de las alamedas del Observatorio, en la Rue d'Enfer, del Infierno.

Este castillo, de triste reputación, se demolió en parte y las ruinas se convirtieron en una dependencia de un convento de cartujos, en el que murió, en 1414, Juan de Luna, sobrino del antipapa Benedicto XIII. Juan de Luna había sido sospechoso de tener relaciones con un diablo, que quizás era el espíritu familiar del antiguo castillo de Vauvert, ya que cada uno de estos edificios feudales tiene el suyo, como es sabido.

Los historiadores no nos han dejado nada concreto sobre esta fase interesante.

El diablo Vauvert dio que hablar de nuevo en la época de Luis XIII.

Durante mucho tiempo se había oído, todas las noches, un gran ruido en una casa hecha con los restos del antiguo convento y de la que los propietarios estaban ausentes hacía varios años.

Lo cual asustaba mucho a los vecinos.

Fueron a avisar al teniente de policía, que envió a algunos guardias.

¡Cuál fue el asombro de estos militares al escuchar un tintineo de cristales, mezclado con risas estridentes!

Se creyó primero que eran falsificadores que se entregaban a una orgía y, a juzgar por el número según la intensidad del ruido, fueron a buscar refuerzos.

Pero se seguía juzgando que la escuadra no era suficiente: ningún sargento atendía a internar a sus hombres en esa guarida, donde parecía que se oía el estruendo de todo un ejército.

Llegó por fin, hacia la mañana, un cuerpo de tropas suficiente; entraron en la casa. No encontraron nada.

El sol disipó las sombras.

Durante todo el día investigaron, entonces conjeturaron que el ruido venía de las catacumbas, situadas, como es sabido, debajo de este barrio.

Se disponían a entrar, pero mientras la policía se preparaba, la noche había vuelto y el ruido empezaba de nuevo más fuerte que nunca.

Esta vez ya nadie quiso bajar porque era evidente que lo único que había en la bodega eran botellas y que entonces tenía que ser el diablo quien las puso a bailar.

Se limitaron a ocupar las inmediaciones de la calle y a pedir plegarias al clero.

El clero rezó mucho y se lanzó incluso agua bendita con jeringas a través del respiradero de la bodega.

El ruido persistía.

II

EL SARGENTO

Durante una semana entera, la masa de parisienses no cesaba de obstruir las inmediaciones del arrabal, asustándose y pidiendo noticias.

Por fin, un sargento prebostal, más intrépido que los demás, se ofreció a entrar en la bodega maldita, a cambio de una pensión transferible, en caso de fallecimiento, a una costurera llamada Margot.

Era un hombre valiente y más enamorado que crédulo. Le encantaba esa costurera, que era una persona bien ataviada y muy ahorradora, se podría incluso decir que un poco avariciosa, y que no había querido casarse con un simple sargento, privado de toda fortuna.

Pero al ganar la pensión, el sargento se convertía en otro hombre.

Alentado por esta perspectiva, exclamó que no creía ni en Dios ni en el diablo y que vencería ese ruido.

—¿En qué creéis entonces? —le dijo uno de sus compañeros.

—Creo —respondió— en el señor magistrado de lo criminal y en el señor preboste de París.

Era mucho decir en pocas palabras.

Cogió el sable entre los dientes, una pistola en cada mano y se aventuró por la escalera.

El espectáculo más extraordinario lo esperaba al pisar el suelo de la bodega.

Todas las botellas se entregaban a una zarabanda desenfrenada y formaban las figuras más gentiles.

Los lacres verdes representaban a los hombres y los lacres rojos representaban a las mujeres.

Había incluso una orquesta instalada sobre las estanterías para botellas.

Las botellas vacías resonaban como instrumentos de viento, las botellas rotas como platillos y triángulos, y las botellas resquebrajadas emitían algo de la armonía penetrante de los violines.

El sargento, que había bebido algunos cuartillos antes de emprender la expedición, al no ver allí más que botellas, se sintió muy tranquilizado y se puso a bailar él mismo por imitación.

Entonces, cada vez más alentado por el júbilo y el encanto del espectáculo, tomó una amable botella de largo cuello, de un burdeos pálido, según parecía, y lacrada con cuidado de rojo, y la apretó con ternura contra su corazón.

Unas risas frenéticas surgieron de todas partes; el sargento, preocupado, dejó caer la botella, que se quebró en mil pedazos.

El baile se paró, se oyeron unos gritos de pavor en los cuatro rincones de la bodega y el sargento sintió que se le erizaban los cabellos al ver que el vino derramado parecía formar un charco de sangre.

El cuerpo de una mujer desnuda, cuyos rubios cabellos se esparcían por el suelo y se empapaban en la humedad, estaba tendido a sus pies.

El sargento no habría tenido miedo del diablo en persona, pero esta visión lo horrorizó. Pensando que, después de todo, tenía que informar acerca de su misión, se adueñó de un lacre verde que parecía reírse de él y exclamó:

—¡Al menos me llevaré una!

Una inmensa risa burlona le respondió.

Sin embargo, ya había ganado la escalera y, al enseñar la botella a sus camaradas, exclamó:

—¡He aquí el duende! ¡Sois muy cobardes —pronunció otra palabra más gruesa aún— por no atreveros a bajar ahí dentro!

Su ironía era amarga. Los guardias se precipitaron hacia la bodega, donde no encontraron más que una botella de burdeos rota. El resto estaba en su sitio.

Los guardias lamentaron la suerte de la botella rota, pero, en adelante valientes, quisieron todos subir con una botella en la mano.

Se les permitió beberlas.

El sargento prebostal dijo:

—Por mi parte, la guardaré para el día de mi boda.

No se le pudo negar la pensión prometida, se casó con la costurera y…

¿Van ustedes a creer que tuvieron muchos hijos? Solo tuvieron uno.

III

LO QUE RESULTÓ

El día de su boda, que tuvo lugar en La Rapée, el sargento puso la famosa botella con el lacre verde entre él y su esposa, y se preció de servir este vino solo a ella y a sí mismo.

La botella era verde como el apio, el vino era rojo como la sangre.

Nueve meses más tarde, la costurera daba a luz a un pequeño monstruo por completo verde, con unos cuernos rojos en la frente.

¡Y ahora, vayan, oh jovencillas! Vayan a bailar a La Chartreuse... ¡sobre el emplazamiento del castillo de Vauvert!

Sin embargo, el niño crecía, si no en virtud, al menos en estatura. Dos cosas contrariaban a sus padres: su color verde y un apéndice caudal, que primero parecía no ser más que una prolongación del coxis, pero que poco a poco tomaba aspecto de una verdadera cola.

Fueron a consultar a los científicos, que declararon que era imposible extirparla sin comprometer la vida del niño. Añadieron que era un caso bastante inusual, pero del que se encontraban ejemplos citados en Heródoto y en Plinio el Joven. No se preveía entonces el sistema de Fourier.

Por lo que respecta al color, lo atribuyeron a un predominio del sistema bilioso. Sin embargo, probaron varias sustancias cáusticas para atenuar el matiz demasiado pronunciado de la epidermis y se llegó, tras numerosas lociones y friegas, a volverla pronto verde botella, luego verde agua y por fin verde manzana. Durante un momento la piel pareció blanquear del todo, pero por la noche retomó su tono.

El sargento y la costurera no podían consolarse por los pesares que les daba este pequeño monstruo, que se volvía cada vez más testarudo, colérico y malicioso.

La melancolía que sintieron los condujo a un vicio demasiado común entre la gente de su condición. Se entregaron a la bebida.

Solo que el sargento no quería nunca beber más que vino lacrado de rojo y su mujer vino lacrado de verde.

Cada vez que el sargento estaba borracho perdido, veía en sueños a la mujer ensangrentada cuya aparición lo había aterrorizado en la bodega, después de haber quebrado la botella.

Esta mujer le decía:

—¿Por qué me apretaste contra tu corazón y acto seguido me inmolaste? Yo, que te quería tanto…

Cada vez que la esposa del sargento había celebrado demasiado el lacre verde, veía aparecer en sueños un gran diablo, de apariencia espantosa, que le decía:

—¿Por qué sorprenderte al verme…, puesto que has bebido de la botella? ¿No soy el padre de tu hijo?

¡Ah, misterio!

Al cumplir los trece años, el niño desapareció.

Sus padres, inconsolables, continuaron bebiendo, pero no volvieron a ver las terribles apariciones que habían atormentado sus sueños.

IV

MORALEJA

Así se castigó al sargento por su impiedad y a la costurera por su avaricia.

V

LO QUE FUE DEL MONSTRUO VERDE

Jamás se supo.

LA REINA DE LOS PECES

Había en la provincia de Valois, cerca de los bosques de Villers-Cotterêts, un chiquillo y una muchacha que se encontraban cada cierto tiempo en las orillas de los riachuelos de la región, uno obligado por un leñador llamado Retuercerrobles, que era su tío, a recoger madera muerta; la otra mandada por sus padres para atrapar pequeñas anguilas que el descenso de las aguas permite entrever por el cieno en ciertas épocas del año. Además, a falta de algo mejor, debía rebuscar entre las piedras a los cangrejos, muy numerosos en algunos lugares.

Pero la pobre muchacha, siempre encorvada y con los pies en el agua, era tan compasiva ante el sufrimiento de los animales que, la mayoría de las veces, al ver las contorsiones de los peces que sacaba del río, los devolvía al agua y no llevaba más que unos cangrejos, que a menudo le pellizcaban los dedos hasta sangrar y con los que se volvía entonces menos indulgente.

El muchacho, por su parte, cuando juntaba gavillas de madera muerta y haces de brezo, se veía expuesto con frecuencia a los reproches de Retuercerrobles, ya fuera por no haberle llevado suficientes, ya fuera por haberse entretenido demasiado charlando con la pequeña pescadora.

Había un determinado día de la semana en que los dos niños nunca se encontraban... ¿Cuál era ese día? Probablemente, el mismo en que el hada Melusina se convertía en pez y que las princesas de la Edda se transformaban en cisnes.

Al día siguiente, el pequeño leñador le dijo a la pescadora:

—¿Recuerdas? Ayer te vi pasar por las aguas de Challepont con tu cortejo de peces..., incluso las carpas y los lucios; y tú misma eras un hermoso pez rojo de costados muy relucientes con escamas de oro.

—Sí lo recuerdo —dijo la muchacha—, pues yo también te vi, estabas en la orilla del agua y parecías una hermosa encina, cuyas ramas de arriba eran de oro fino..., y todos los árboles del bosque se inclinaban hasta el suelo para saludarte.

—Es cierto —dijo el muchacho—, lo he soñado.

—Y yo también he soñado lo que me has dicho, pero ¿cómo hemos podido encontrarnos los dos en el sueño...?

En ese momento, apareció Retuercerrobles, que interrumpió la conversación y le dio al pequeño un garrotazo, reprochándole no haber atado todavía una sola gavilla.

—Y además —añadió— ¿no te he ordenado retorcer las ramas que ceden fácilmente y añadirlas a las gavillas?

—Es que —dijo el pequeño— el guarda me metería en la cárcel si encontrase madera viva en mis gavillas... Y además, cuando quise hacerlo, como usted me dijo, oía quejarse al árbol.

—Igual que yo —dijo la muchacha— cuando llevo peces en la cesta, los oigo cantar tan tristes que los devuelvo al agua... ¡Entonces me pegan en casa!

—¡Cállate, bruja! —dijo Retuercerrobles, que parecía animado por la bebida—. Distraes a mi sobrino de su trabajo. Te conozco de sobra, con esos dientes puntiagudos color perla... Eres la reina de los peces... Pero ya te cogeré cierto día de la semana y perecerás en el mimbre... ¡en el mimbre!

Las amenazas que Retuercerrobles había hecho embriagado no tardaron en cumplirse. La muchacha se vio capturada en forma de pez rojo, que el destino la obligaba a tomar ciertos días. Afortunadamente, cuando Retuercerrobles quiso, pidiéndole ayuda a su sobrino, sacar del agua la nasa de mimbre, el niño reconoció en él al hermoso pez rojo de escamas doradas, que había visto en sueños, la transformación accidental de la pequeña pescadora.

Se atrevió a defenderla de Retuercerrobles y lo golpeó incluso con su zueco. Este, furioso, lo agarró por los pelos para intentar derribarlo, pero se asombró al encontrar gran resistencia: y es que el niño se aferraba tanto con los pies en la tierra que su tío no podía acabar de derribarlo o dominarlo, y lo zarandeaba en vano de un lado a otro.

En el momento en que la resistencia del niño iba a verse vencida, los árboles del bosque temblaron con un ruido sordo, las ramas agitadas permitieron que el viento silbase y la tormenta hizo retroceder a Retuercerrobles, que se retiró a su cabaña de leñador.

Pronto salió, amenazante, terrible y transfigurado como un hijo de Odín; en la mano brillaba esa hacha escandinava que amenaza los árboles, semejante al martillo de Thor que quiebra las rocas.

El joven rey de los bosques, víctima de Retuercerrobles —su tío, usurpador—, ya sabía cuál era su rango, que se le quería ocultar. Los árboles lo protegían, pero solo con su masa y su resistencia pasiva…

En vano la maleza y los vástagos se entrelazaban por todas partes para frenar los pasos de Retuercerrobles; había llamado a sus leñadores y trazaba un camino a través de esos obstáculos. Varios árboles, antaño sagrados en tiempos de los antiguos druidas, ya habían caído ante las hachas y los machados.

Afortunadamente, la reina de los peces no había perdido el tiempo. Había ido a lanzarse a los pies del Marne, del Aisne y del Oise, los tres grandes ríos vecinos, para manifestarles que si no se paraban los proyectos de Retuercerrobles y sus compañeros, los bosques demasiado despejados ya no pararían los vapores que producen las lluvias y que abastecen de agua a los arroyos, a los ríos y a las charcas; que los propios manantiales se secarían y ya no brotaría el agua necesaria para alimentar los ríos; sin contar que todos los peces serían destruidos en poco tiempo, así como los animales salvajes y los pájaros.

Los tres ríos llegaron en este asunto a tales acomodamientos que el suelo en que Retuercerrobles, con sus terribles leñadores, trabajaba para destruir los árboles —sin pese a ello haber podido alcanzar todavía al joven príncipe de los bosques—, quedó totalmente anegado por una inmensa inundación, que no se retiró hasta después de la destrucción total de los agresores.

*

Fue entonces cuando el rey de los bosques y la reina de los peces pudieron retomar sus inocentes coloquios.

Ya no eran un pequeño leñador y una pequeña pescadora, sino un Silfo y una Ondina, quienes, más tarde, se unieron legítimamente.

CONTENIDO

Título original:
Contes et facéties

Todos los derechos reservados,
incluidos los derechos de reproducción
total o parcial en cualquier formato.

© de la traducción: Mateo Pierre Avit Ferreiro

© 2025 Ediciones Alpha Decay, S.A.
Gran Via Carles III, 94 - 08028 Barcelona
www.alphadecay.org

Primera edición: abril de 2025

Fotografía del autor (p. 4): Félix Nadar

Colección dirigida por Julia Echevarría

Maqueta interior: Robert Juan-Cantavella
Maqueta cubierta: Sergi Gòdia
Impresión: Imprenta Kadmos

BIC: FA
ISBN: 978-84-128913-6-2
Depósito Legal: B 5956-2025

Esta
edición,
primera, de
Cuentos y facecias,
se terminó de imprimir
en Salamanca en el
mes de marzo
de 2025.